文芸社セレクション

シルバーカーを押しながら

けのすけ

文芸社

目　次

1. いそべのおばさん ……………………………………… 5

2. 佳織さんのギター ……………………………………… 31

3. なんじゃそりゃ ………………………………………… 51

4. 素敵な贈り物 …………………………………………… 79

5. シルバーカーを押しながら …………………………… 117

6. 星 ………………………………………………………… 175

1. いそべのおばさん

いそべのおばさん

なんで
そんな目してるの？

笑いなさい

かっこ悪いよ

雪合戦

ひんやりピカピカ
輝いてて
気持ちいい
朝の校庭で

白い息をはきながら
女の子たちを
追いかけて
おもいっきり
雪を投げてたら

つい調子に乗っちゃって
初恋の女の子の顔に
けがさせてしまった

けがしたところを
気にしながら
すごい目で
僕をにらんで
「一生うらんでやる」
ってきっぱり言って
他の子たちのところへ
戻って行った

もうだめだ
と思った

段々と本当に
怖くなってきた

たまらず
彼女のところへ
駆けて行って
「ごめんなさい」
って真剣に
あやまったけど

もう一度
すごい目で
僕をにらんで
他の子たちに
駆け寄って

一声かけて
いなくなっちゃった

なんかけがを
気にしてる
ようだった
家に帰ったの
かも

僕は
胸のあたりに
重苦しさを
感じながら
突っ立った
まま

「一生うらんでやる」
って

一生

そんな

胸のあたりが
そわそわ
してきた

キラキラと
粉雪が舞う中
他の子たちも
帰り始めた

彼女たちの
ところだけ
スポットライトが
あたったよう

僕の心は
真っ黒け

ふと
僕も帰らなくちゃ
って思った

首を下へ
うなだれて
ゆっくりと
歩き始めた

サクサクサクと
靴音が重い

僕の周りまで
真っ黒け

一応
いつものように
いつもの道を
歩いて帰ったんだ
と思う

ふと気付いたら
上の空で
自分の部屋で
突っ立ってた

僕の心は
真っ黒け

僕の周りも
真っ黒け

胸のあたりは
そわそわした
まま

思うように
体を
動かせない

思うように
体が
動かない

えっ？

なんで？

うう～

なんとか

頑張って
寝そべった
けど

今度は
寝返り
打てない

ううっ、

なんで？

ううっ、

力
入れても
動かない

うう〜

うう〜

うう〜

なんで？

ふうっ、

どうなってんの？

ほんとに
動かない

デザイン画

教科書にのってる
デザイン画の
色だけ変えて
出品したら

銀賞
とっちゃった

えっ、
ほんとに？

思わず
笑っちゃった

こんなことって
あるんだ

ジグソーパズル

僕が学校行ってる間に
僕が夢中になってる
ジグソーパズルを
ほぼ仕上げてしまった
おふくろと妹

あっ、なんでさわるんかね？
別にええじゃ
楽しみにしちょったのに
ああ、それかね
もうさわっちゃいけんよ
少しぐらいええじゃ
手伝ってあげようと思ったのに
だめなの
わかったいね
けちじゃね
ずっと考えよったんじゃけえ
そうかね
絶対じゃけえね
わかったいね
絶対さわっちゃいけんよ
わかったっちゃ

……

続きをやっては
みたものの
何だか
楽しくない

むなしい

あ〜あっ、

……

また新しいの
買お

もっとむずかしい
やつ

銭湯　2

体をごしごし
洗ってたら
スーちゃんの裸が
頭に浮かんで
チンチンが
立ってきた

これはやばい

ばれたらどうしよう
早く消さなきゃ

でも消えない
スーちゃんの裸が
どうしても
消えない

ドキドキしてきた
消えない消えない

全く消えない
チンチン

立ちっぱなし

ほんとにやばい
早く消さなきゃ

ドキドキどころじゃない
バクバクしてきた

消えない消えない
消えない消えない

もうこうなったら
少しおさまるまで
じっとしてよう

それしかない

（チンチンを
　じっと見つめる）

んっ、ちょっとは
おさまってきたかも？

スーちゃんも

消えてる

いちかばちか
ちょっと
腰を引きぎみに
歩いてみた

意外と
ばれてないかも？

って思ったら
一人のおじさんが
僕のチンチンを
ちらっと
見た

ばれたのなら
ばれたでいいや

ちらっとチンチンに
目をやった

ちょっと
立ってた

チンチンに
意識がいって
ちょっとだけ
内股ぎみに
腰を引いて
歩いた

体中が
ほてってきた

このくらいなら
いいやって
思いつつも

ほてった体を
ふきながら

ちょっと立ってる
チンチンが
ゆらゆら
ゆれてる

もういいや

見たけりゃ
見て下さいだ

気にしない

気にしない

思わず
となりで
体ふいてる
時々出会う
おにいさんに

微笑んだ

しょうゆさし

あっ、

ちょっと待って

からになったら

一回洗うけえ

あっ、

それかね

蛍光灯

寝そべったまま
長くたらしたひもを
足の指ではさんで

カチャ

って
なかなかうまく
はさめない

……

うっ、
指がつる
うう〜、

……

もう一回

……

うう〜、

……

もう一回

……

うう〜、
だめだ
もういい

……

うっ、
つるつる
うう〜、

……

うっ、
うう〜、

……

最初っから
手でひっぱっとけ
そのために
たらしてんじゃん

カチャ

チカチカ
チカチカ

パッ。

孫の手

ああ〜　もういい
孫の手ない？
テレビの横
んっ？　あった

コリコリ　ゴリゴリ
ああ〜　気持ちいい
このへん　このへん

ふう〜　うう〜
コリコリ　ゴリゴリ

よし　もういい

うん　オッケ〜

なんで？

「橋本　今日の千五
五分切ったか？」って
なんでこの先生
こんなに俺に
期待するんだろう？

俺より速いやつ
いっぱいいるのに

「だめでした」って言ったら
「そうか　来年頑張れよ」って
なんで？

しかも
「橋本　駅伝出ないか？」って

だからなんで？

もどかしい

人は
生き延びるためには
手段を選ばない

なんか
胸のあたりが重くなる
ラットなんかの実験を
テレビで見てると

この人たちは
何とも思って
ないのかね

病気を解明するために
仕方ないって
俺も　確かに
思ってるけど

もどかしい

シェービングクリーム

男っす！

口内炎

またできた

ほんと痛いのよ
飯まともに
食えねえし

へたすりゃ
よだれ
出てくるし

もうたまらん

ほんと最近
よくできるなぁ

もう

うっ、

めんどくせえ

誰かね？
いいからあっち行って
由美さんかね？
たぶんそうじゃろうね
いいからあっち行けって
ごめんごめん
外野がうるさくて
あっち行けって
そうかね
ええねえ

めんどくせえから
辺りが夕日に染まる中
ドキドキしながら
駅前の公衆電話まで
歩いたことも

十円玉を
にぎりしめて

そしたら
彼女と話してる間に
ボックスの前に
行列が出来てたりして

申し訳ないけど
切りたくない

とうとう
十円玉が
なくなった

ごめん
十円玉がなくなった
また電話する
じゃあねって
電話切って

ごめんなさいって
頭をペコペコ下げながら
行列の前を
通りぬけた

すっかり
日は暮れている

飲み屋の看板が
やたらと明るい

仕事帰りの人たちが
店をさがしてる

両手をポケットにつっこんで
白い息をはきながら
背中をまるめて
満ち足りた気分で
足早に帰る

冷たい風が
ふきぬけた

うう〜さみい

どこいっちょったんかね？
べつにええじゃ
そうかね

ごはんよ
ほいほい

2. 佳織さんのギター

共食い

金魚鉢の金魚って
共食いするよね
子供の頃
よく見てた

でも
広い所に
はなしてあげたら
しなくなるんだって

それって
人も
同じじゃない?

手紙入れ

白いかべに
買ってきたばかりの
手紙入れが
かかってるのを

ふと見たら

なんだか
おちついた
ほっとした
すっとした

これでやっと
整理出来た
かなって
思ったのかな？

どうだろう？

それとも
感じの好さに
ほっとしたのかな？

んっ？

どっち？

国語の授業

おまえがこの小説の

感想を言わないと
この授業は終わらないと
言われたので

どうどうと
教科書ガイドの
解答例を読んだら
授業が終わった

すごいよね

林十江※

このうなぎ

泳いでる

まじ泳いでる

すげえ

※江戸時代　中期・後期の日本の南画家・篆刻家(てんこく)

ごはん

おかあさんがたくと
なぜかおいしい
おんなじように
たいてるのに

そりゃそうでしょ
だってあなた
おかあさんは
まいにちまいにち
みんなのために
おいしいごはん
たいてきてるんだから

城

城は
何を
見てきたのか?
って

人の
えぐいところ
見てきたんじゃ
ない？

だって
鉄砲撃つための穴
いっぱい
あいてるじゃん

毛玉とり

グオングオン
ジ〜ジ〜

グオングオン
ジ〜ジ〜

おかあさんが
毛玉とり
なんか
ほっこりする

テレビの
声が

ちゃんと
聞きとれなくて
いらいら
するけどね

グオングオン
ジ〜ジ〜

グオングオン
ジ〜ジ〜

うう〜っ、
うるさい
って
何故か
言えない

グオングオン
ジ〜ジ〜

うう〜っ、

グオングオン
ジ〜ジ〜

グオングオン
ジ〜ジ〜

「ちょっとうるさい」
「ああ、それかね」

……

……

よしっ、
オッケ〜

……

……

……

グオングオン
ジ〜ジ〜

うう〜っ、

グオングオン
ジ〜ジ〜

グオングオン
ジ〜ジ〜

「うるさいかね？」
「もういい」

だって
一番見たいとこ
終わっちゃった

グオングオン
ジ〜ジ〜

肩の力が
ぬけた
思わず
にっこり

グオングオン
ジ〜ジ〜

グオングオン
ジ〜ジ〜

英　雄

一人殺したら　殺人者

百万人殺したら　英雄

人って

不思議な

生き物

だね

風呂掃除

あっ、

なんでシャワーに

なってんの

ちゃんと

もどしといてよ

もうっ、

ぬれたじゃん

宇宙開発

こんどは
宇宙で
戦争
する気だ

なに
やったって
けっきょく
勝たなきゃ
いけない
みたい

ローリー

大きな森に
落っこちて

思わず
目の前に
広がる
重なり合い
躍動する
命漲る
中には
壊れそうなくらい
繊細な
生き物たちの
共演

いつの間にか
心奪われて
思わず
微笑む

なんと
みごとな
アンサンブル

すばらしい

優しさと力漲る

この大きな森で
しばらくの間
彼らに
見惚れる

幾度となく
笑みが
こぼれる

身も心も
和んでゆく

優しさと力漲る
この大きな森で

優しさと力漲る
この大きな森で

躍動する
生き物たちの
共演に

心
奪われた

まま

変なおばちゃん

あっ、
やばっ、

あのおばちゃんに
つかまったら
話
長いのよ

しかも
おんなじ話
ばっかり

恵子ちゃんも
言ってた

「私、あのおばちゃん
見かけたら
さりげなく
道まがる」

って

姨捨山

人って

わけのわからんこと

いろいろ

考えるわ

恐ろしい

姨捨山って

どういうこと？

僕だけ？

マドラー
使う時

って

なんか
かっこ
つけちゃう
よね

僕だけ？

それに
なんか
楽しい

そして
おちつく

使ってる
感じも
とっても
いいね！

シャカシャカ
シャカシャカ

冷たい
紅茶の
いい

香り

うん
これこれ！

葉っぱ

葉っぱが
いっぱい
おちちょるねえ

古い葉っぱ
じゃから
ええけど

若い葉っぱ
じゃったら
いけんねえ

佳織さんのギター

ギターを
弾くって

いうよりも

まるで
物語を
やさしく
編んでる
ような

音の
連なり

人の
心の
微妙な
ゆらぎ

そのもの

美しい

僕も
佳織さんの
ギターの
ように

ピアノ
弾けたら

いいな

3. なんじゃそりゃ

後藤さん

布団には
もぐりこんでいたものの
何だか寝つけなくて
電気をつけたまま
ぼけ〜っとしてた

そしたら
三時過ぎ
ほんの十秒か二十秒
電気が消えた

えっと思った
まさかと思った

明くる朝
町内の人から
聞いた

あの時間
この町内だけ
確かに

電気が
消えたと

後藤さんが
息を引きとった
まさに
その時だった

虫の知らせとは
言うけれど
こんなことって
本当に
あるんだ

カラオケを
一緒に歌いながら
「恵介君
歌手になりいね」
って言ってくれた
後藤さん

この町内でも
すごく
慕われてる
人だった

まさに
後藤さん
だからだ
って思った

そのくらい
深く
慕われて
いたんだって

だって
本当に
あの時間
この町内だけ
無に
なってたように
思う

まさに
後藤さんが
息を引きとる
瞬間を

この町内の人
みんなで

看取ったんだ
って

銭湯　3

おめえ

そんなにやせてんのに

ほんと

チンポでけえなあ

ふふっ、

まあね

本当の自分

俺　ちょっと
インド
行ってこようって

思ってんだよね

えっ?
何でっ?

自分さがしの
旅って
やつ

何言ってんの?
おめえそこに
いんじゃん

えっ?

おめえが
思ってるような
本当の自分なんて
どこにもねえよ

まっ、まあ
そうかも
しれないけど
何か
違うような
気がして

そういや
内田のねえちゃんも
行くって言ってたな
半年バイトして
金ためて行くって

俺も　今
バイトしてんの

えっ、そうなの？

何か　最近
みんな　よく
インド
行きたがるよな

不思議

なんだろう？

それより
内田のねえちゃんと
話してる時

ねえちゃん

短パンで
あぐらかいて
座ってるもんだから

ねえちゃんの
股間が
気になって
仕方なかった
けどね

だって
パンティー
ちらちら
見えてた
もん

正直者が住みにくい世界

まじか！

あのおやじ

巨乳マニアじゃん

って

半びらきのロッカーに

エロ本

どっさり

これすげえ！

電話工事

電話工事で訪ねたら
下着姿の若い衆
現われて
「おじゃまします」って
中にはいったら

布団が
もそもそ動いてて
思わず
相棒と目が合った

そのあと

工事中ずっと
布団が
ちょこちょこ
動いてた

……

「ありゃ、
間違いなく
布団の中に
女がいましたね」
「いたな」
「真昼間から
ようやるわ」
「ほかにやること
ないのかね」

田村さん

「橋本
寅さん※にだけは
なるなよ」

って
別にそんな人生
送る気ねえし
そんな感じに
見えるのかね

田村さん
なんであんなこと
言ったんだろう？

それが
ずっと
心に
ひっかかってる

と言いつつも
なんとなく
自分に
言い聞かせてる感じも
ある

ひょっとしたら
そうなっちゃうかも
って

心の
どこかが
そわそわ
してる
　　※映画「男はつらいよ」の主人公、ふうてんの寅さんのこと

パンティー

おパンティー
パンティー見えたっすよ　橋本さん
そんなのいいから
前見て運転しろって

いいっすねえ
いいな　まじいいな
橋本さんも　見てんじゃないっすか
まあね

……

だから
前見て運転しろって

ういっす！

トンネル

トンネル　ぬけたら
雨
うお〜雨じゃん

その次　ぬけたら
晴れ
えっ、なんで？

さらに　ぬけたら
雨
よっしゃ〜それそれ

もひとつ　ぬけたら
晴れ
えっ、どっちなんだよ？

現場に　ついたら
雨あがりのまぶしい朝
結局　晴れてんじゃん
仕事じゃん

しゃあねえ
やるか

何だったんだよ
ほんと意味わかんねえ
なんかやる気ねえ

しゃあねえじゃん
やろう

ほいほい
なんかさみいなあ

……
よっしゃ！

信号無視

橋本さん
バイト遅刻しちゃ
いけないと思って
信号無視して
ぶっとばして来ました

おまえバカか

遅刻してもいいから
ゆっくり来い

……
はあ？

学校あんだから
仕方ねえだろ

浜田さん

五年ぶりくらいに
親父がやってる
ジャン荘で
マージャンうった

いつものように
浜田さんも
うっていて

久しぶりに
俺の元気な姿を
見せることが
出来た

浜田さんも
俺の元気な姿を
見て
うれしそう
だった

ところがだ
その明くる日
体調くずし
意識不明に
なって
1週間後に
亡くなった

病気とは
聞いてたけど
それでも
毎日
マージャンうちに
来てた

まさかと
思った

まさに
虫の知らせとは

このこと

よく行くスナックの
常連さんたちと
たまたま
俺の親父の
ジャン荘で
マージャンうとうって
なっただけ

こんなことって
本当に
あるんだって
心から
思った

最後に俺の
元気な姿を
浜田さんに
見せれて
本当によかった
って思った

そのくらい　いつも
俺のこと
「まるで息子のように

思ういね」
って気にかけて
くれてたから

いつも　笑顔で
話しかけて
くれてた
浜田さんが
俺も大好き
だったから

もしかして　浜田さん
最後にもう一度
俺の元気な姿を
見たかったのかな？

だから　病気なのに
毎日　ああして
マージャンうちに
来てたのかな？

じゃなくて
残りの人生
好きな
マージャンやって
死にたかった

だけかな？

どっちに
したって
本当に
よかった

でも　俺は
最後にもう一度
俺の元気な姿を
見るために
来てくれてたのだと
思う

って
もちろん最後は
好きなマージャン
うちながら
死にたいって
思ってたろう
けどね

本当に

よかった

なんじゃそりゃ

免許証見せて
あっ、やべっ、
持ってくんの忘れた
えっ、だめじゃないか
免許不携帯

まっ、いいか
今回は許すから
すぐ家(うち)へ帰って
とってきなさい
えっ、いいんすか？

あざ〜す！

……

じゃ　なんで止めたんだよ
俺　なんもしてねえし
意味わかんねえ

呪　縛

こんな人生
送りたくも
ねえよ

俺は
やだね

でも　そういや　これ
小学校の教科書に
のってたよな

こんなのが
呪縛に
なっちゃうんじゃ
ねえの？

こんなやつ
普通
いねえよ

　　　　　　　故太宰治さんの代表作「走れメロス」を読んで

おやじ

とりあえず

こたつをつけて

どっかいく

なんで？

もうっ！

困ったもんだ！

なんでだろう？

ほんと不思議

ほんと不思議

だって
こたつをつけて

そのまんま
自分の部屋へ
戻っちゃう
ことも

なんで？

もうっ、

ほんと不思議

こたつって
ほんと
電気
くうのよ

困ったもんだ

あの部屋で

担任の代わりの先生が
スケスケのブラウスで
せまい部屋で

しかも　二人きりで
進路指導するもんだから
ドキドキが止まらない
オッパイが
気になって仕方ない
思わず
さわりたくなっちゃった
キスしたくなっちゃった
やばいやばい

「あの先生　やばいよ
ブラウス　スケスケだし」
「だよな」
「しかも　ノーブラだよ」
「そうそう
乳首見えてるもんな」
「そうそう
見えてる見えてる」
「やばいよな
授業中も
あれだもんな」

実は初めて教壇に立つ
先生を見た時から
僕の心は
すいこまれてた
スケスケのブラウスの

唇もなまめかしい
魅惑的な先生に

しばらくたって
あの時　もし
我慢出来なくて
さわったりしてたら
僕の人生
どうなったろうって
本気で思った

本当は
さわりたかったけど
さわらなくてよかったって
本気で思った

本当は
さわりたかった
キスしたかった

今でもふいに
思い出す
あの時　もし
さわってたら
キスしてたら

どうなったろうって
よく我慢したなって
何度も　何度も

だから　もし
あの部屋で
先生と
エッチしてたらって
そんな場面を
何度も
想像した
もどかしい
心のまま

本当は
さわりたかった
キスしたかった
エッチしたかった

階段のつきあたりにある
運動場で野球してるのが
小さな窓から見えた
あの部屋で

もしかしたら　誰かが
聞き耳を

立ててるかもしれないって
ドアの方につい目をやって
聞き耳を立てた
あの部屋で

実は
階段のぼる前から
ドキドキしてた
スケスケのブラウスの先生と
二人きりになるんだって

唇もなまめかしい
あの先生と

二人きりに
なるんだって

4. 素敵な贈り物

こたつ　2

ちょっと
温ったまって
寝るからね

はいはい
おやすみ

おやすみ

グゥ～

んっ？
はっ、またやった
ああ～、
もう四時じゃん

ああっ、もうっ、

俺がトイレに

はいってたら

風呂場で

しょんべん

するおやじ

ああっ、もうっ、

なんでなんか？

もうっ、

ほんとわからんっ！

のびのびと生きる道

寝ているおふくろの目に
瞬間接着剤を
ぬってやろうって
ふっと思うことがある

そんな思いを

拒否すればするほど
本当にやっちゃうんじゃ
ないかと思う

酒に酔って寝た
明くる朝など
はっと思うことがある
本当にやっちゃったんじゃ
ないかって

そんな日々が
続いていた

でもある本を読んで
はっとした
そういう思いを
素直に受け入れてこそ
そういう思いは
消える

本当に怖いことだと
思ったけど

それが
のびのびと生きる道

テレビのドラマなんかで
老人虐待のシーンを
見ると
あいつゆるせない
ふざけるな
って思う

でもそれ本当は
自分がしたいこと
それをやってるあいつが
羨ましいのだ

そういう思いを
素直に受け入れてこそ
そういう思いは
消える

本当に怖いことだと
思ったけど

それが
のびのびと生きる道

お湯を沸かしてる時
となりにおふくろが
いると

ふとぶっかけて
やろうかって
思うことも
ある

包丁持ってる時
なんかも

こんなにいろいろ
思うのって
俺だけ
だろうか？

俺は頭が
おかしいん
だろうか？

そういう思いを
素直に受け入れてこそ
そういう思いは
消える

本当に怖いことだと
思ったけど

それが
のびのびと生きる道

料金受取人払郵便

新宿局承認

2523

差出有効期間
2025年3月
31日まで
(切手不要)

郵 便 は が き

１６０-８７９１

１４１

東京都新宿区新宿１−１０−１

(株)文芸社

愛読者カード係 行

ふりがな お名前				明治　大正 昭和　平成	年生　　歳
ふりがな ご住所	☐☐☐-☐☐☐☐				性別 男・女
お電話 番 号	(書籍ご注文の際に必要です)		ご職業		
E-mail					
ご購読雑誌(複数可)			ご購読新聞		新聞

最近読んでおもしろかった本や今後、とりあげてほしいテーマをお教えください。

ご自分の研究成果や経験、お考え等を出版してみたいというお気持ちはありますか。
　ある　　　ない　　　内容・テーマ(　　　　　　　　　　　　　　　　　　　　)

現在完成した作品をお持ちですか。
　ある　　　ない　　　ジャンル・原稿量(　　　　　　　　　　　　　　　　　　　　)

書　名							
お買上書店	都道府県		市区郡	書店名			書店
				ご購入日	年	月	日

本書をどこでお知りになりましたか?
1. 書店店頭　2. 知人にすすめられて　3. インターネット(サイト名　　　　　　)
4. DMハガキ　5. 広告、記事を見て(新聞、雑誌名　　　　　　　　　　　　)

上の質問に関連して、ご購入の決め手となったのは?
1. タイトル　2. 著者　3. 内容　4. カバーデザイン　5. 帯
その他ご自由にお書きください。
(　　　　　　　　　　　　　　　　　　　　　　　　　　　　　　　　)

本書についてのご意見、ご感想をお聞かせください。
① 内容について

② カバー、タイトル、帯について

弊社Webサイトからもご意見、ご感想をお寄せいただけます。

ご協力ありがとうございました。
※お寄せいただいたご意見、ご感想は新聞広告等で匿名にて使わせていただくことがあります。
※お客様の個人情報は、小社からの連絡のみに使用します。社外に提供することは一切ありません。

■**書籍のご注文は、お近くの書店または、ブックサービス(📞0120-29-9625)、セブンネットショッピング(http://7net.omni7.jp/)にお申し込み下さい。**

のびのびと生きる

こたつ　3

もうこうなったら
朝までしっかり
温まっちまえ
って
絶対体に
悪いよね

でも
そうするしかない

あ〜あ
もういや

ちょっとだけ

グゥ〜

んっ？
えっ？

なんと七時
えっ、
まじっ？

やばっ、

宇宙開発　2

宇宙開発なんて
何の意味もない

もし宇宙に人が
住んだとしたら
間違いなく
いかれちゃうよね

だって
地球の自然が
あってこそ
人は
心豊かに
生きられる

だからもっと
地球を

大切に
しなくちゃ

ってゆうか
自分を大切に
出来ない人に
人や地球を
大切にすることは
出来ない

自分が
やりたいことを
やる
それが
自分を
大切にするって
こと

だとしても
あんなに
放射線が
飛びかってる所に
わざわざ行って
自分の身を
危険に
晒してる

なんで
そんなこと
するの？

地球に
いようよ‼
地球で
いいじゃん‼

地球を
もっと
きれいに
しようよ‼

はっきり言って
私たち
そんなロケット
なんかより

明るい
地球で
大好きな
子供たちと

元気

いっぱい
飛び跳ねたいん
です‼

それと
ついでに言うけど
たくさんの宇宙ゴミ
どうするの？

まさか
そのまま
放置？

百歩ゆずって
人が宇宙に
住んだと
しても

その頃にはもう
宇宙は
ゴミだらけに
なってるよね

そんなところを
ロケットが
飛び交う

なんて

それこそ
危険
過ぎる
よね

私は
そう
思う

だから
宇宙開発なんか
やめて

地球に
いようよ‼

地球で
いいじゃん‼

地球を
もっと
きれいに
しようよ‼

明るい
地球で
大好きな
子供たちと

元気
いっぱい
飛び跳ね
ちゃおうよ‼

みんな
どお？

そう
思わない？

暗黒の夜

シャワーを
浴びながら
俺の心は
暗黒の夜

だって俺が
こうやってる

間にも
恐ろしい目に
遭ってる
子供たちが
いる

世の中

何でだろう？

そんな子供たちを
助けられないのか？

どうすることも
出来ないのか？

世の中

……

ゆっくり
体をふいて
風呂場を
出た

ビール片手に
こたつにはいり

いつものように
テレビをつけた

マツコ※の
トークが
小気味
よい

　　　　　　　　※大人気のコラムニスト、女装タレント、司会者

おふくろ

ふと　おふくろのことを
高畑さん※が画いた
天真爛漫な
かぐや姫のように
思った

でも　おふくろは
月へは　帰らない
何があっても
俺たちと一緒に
ここにいる

でも もし 心が
悲鳴を上げそうになったら
ちゃんと
言ってね

　　　　　　　※スタジオジブリの名匠、故高畑勲さんのこと

こたつ　4

もう
どうでもいい
だって
無理
寝る

グゥ〜

んっ？
ふっ、
ほらね
朝

……

トイレ行って

もう少し
寝よ

……

ちょとだけでも
ふとんに
寝るか

ちょっとは
ちがうだろ

……

ああ〜、
腰痛てっ、

……

生きてりゃいい

楽しそうに
庭いじりしてる母を
なんとなく
見てると

ふっと思いが
湧いてきた

生きてりゃ
いいんだな

うん、
生きてりゃいい

……

これって
幸せ

故郷(ふるさと)

故郷は
遠きに在りて
思うもの

何で？

住んだら
いいじゃん

もっと
好きになると
思うよ

きっと

こたつ　5

もう
毎日
朝まで
こたつで
普通に
寝てます

軽く
一杯
ワイン
なんか
ひっかけて

意外と
いけてる

体に悪い

なんて
迷信
かも？

いつまで続くの？

　　　1

これは試練なの？
こんなに君に
会えないなんて

胸が苦しい

いつまで続くの？

　　　2

俺は君に仕事を教えた
いい感じで覚えてくれる君
ほんとにまじめで
黙々と仕事する君
君がいると安心だった
いい感じで仕事出来た

でもそんな君がたまに
大胆な失敗をする
「山下さん
なかなかやるねえ」って
思わず笑っちゃったりして
でも君はケロッとしてた
ちょっとだけはにかみながら
「すみません」も言わないで
そんなところがかわいいなんて
ちょっとだけ思ってたかも

君はけっこうお酒強いって
仲間から聞いた
それから一度
一緒に飲みたいなって
ずっと思ってるんだけど
なかなかそんな時間を
作れない

とにかく一度
一緒に飲みたいな

　　　3

そうこうしてるうち
俺たちは
派遣切りにあって

仕事を変わった
そのレストランに
君は時々食べに来る
友だちなんかと

君が来ると何故か
ドキドキするんだ
ほんとに
おさえられないくらい
何でなのか分からない

何とか話しかけるけど
君の前ではしどろもどろ
「ここの肉まじうまいから
ゆっくり食べてって」とか
「あっ、今あそこで
働いてんだ」とか
このくらいが精一杯

君の前ではちゃんとした人で
いなくちゃって思っちゃうから
ドキドキしちゃうのかな？
ほんとによく分からない

それに山下さんって
ひょっとして
俺に気があるのかなって

ちょっとだけ思っちゃってる
だって結構来るもの

ある時君は
目も合わさずに
結構すごみのある声で
「まだいたんだ」なんて
それどういう意味?

でもそのうち家へ帰っても
君のことが
気になって気になって
仕方なくなってきた
あの時から君に
好意はあったけど
こんな気持ちになるなんて

どうしよう
次に来た時
君を誘おうか?
「一緒に飲みに行かない?」
って

でもやっぱり
君の前ではしどろもどろ

言葉がうまく出てこない
君はいつものように
ちらっとにらむ感じで
ちょっと素っ気ない感じ

どうしようどうしよう
次に来た時こそ
なんとか君を誘おうか?
別につきあいたいとかじゃない
とにかく一度
一緒に飲みたいだけ

そういうこと
軽い感じでいい
さりげなくでいい

   4

仕事仲間と楽しそうに
お酒飲んでる君
君がそんなにはじけるとは
知らなかった

「山下さん強いねえ」って
「すごい強いっすよ」って
満面に笑みを浮かべながら

ちょっとだけはにかみながら
「そんなことないよ」って
顔の前で手をふってる

ほんとにびっくり
でもやっぱり君は
俺をちらっと見ただけ
いつものように
ちょっとにらむ感じで
いや見てなかったかも
みんなと楽しくやりたいんだな
って思った

だからやっぱり
今日は誘うのやめとこ
だってみんな
ほんとに楽しそうだもの
慕われてるんだな
邪魔したくない

それに今日は
いそがしい
仕事仕事

君は必ず又来る
その時こそきちんと

いやいい加減な感じで
いいんだった
君を誘おう

とにかく誘わなきゃ
何も始まらない

   5

でも
あれから半年
君は来ない
どうなってんだ
君は来ない

スマホを見ても
君の電話番号はない
何度も思い出してみたけど
聞いた覚えがない

仕事中つい
入口の方を見てしまう
君がふらっと
はいって来るんじゃないかと
思って
ちょっとドキドキしながら
でも

君は来ない

布団の中で
君の名を
呼んでしまう

ほんとにつらい

なんで来ないの？

なんで来ないの？

君がほしい

君にあいたい

生きるとは何か？

知らねえよ
生きてりゃいいじゃん

とりあえず

だって
楽しいし
おふくろの飯
うめえし

やりてえこと
いろいろあんだけど
なかなかねえ

まっ、
そのうち

ういっす！

それに
彼女いるしね
でも最近ちょっと
無視されてんだよね
なんでか
わかんねえけど

って、
これでいいじゃん

まっ、

仕事はとりあえず
うまくいってるし
一人うるせえのが
いるけどね

こたつ　6

一時二時には
なるけれど
最近やっと
普通に
布団で
寝てます

なんだったんだろう？
って
ふと
思った

心の感じるままに

音の一つ一つが

もうこれしかないっていう
表情を
全て持っている

こんなピアノを
弾けるのは
アキさんしか
いないと思った

でも俺は
挑戦したい
いや
挑戦する

心で感じて
心で奏でて
心に染み入る
優しい眼差し

いつか
きっと
弾ける日が
来る

自分らしく
美しく
心の

感じるままに

自分らしく
美しく
心の
感じるままに

やりたいことを
やってれば
何が起ころうと
悔いはない

自分らしく
美しく
心の
感じるままに

心の
感じるままに

素敵な贈り物

認知症は
人生を
十分に生きた人への
神様からの贈り物

過去のいやなことは
全部忘れちゃう
いいことだけを
覚えてて
楽しく暮らす
素敵な贈り物

周りにいる人たちまでも
楽しくさせちゃう
癒しちゃう
元気にしちゃう
素敵な贈り物

つまり
認知症って

思い出が
いっぱい詰まってる
引き出しが
うまく
開かなくなった
だけ

だって
おふくろと
話してて
「あれっ？　覚えてるんだ」
って思うこと
時々
あるもの

そんな時
心が
ふっと
軽くなる

思わず
笑みが
こぼれる

ひょっとして
認知症じゃ
ないかもなんて

思ったりして

でも
やっぱり
認知症は
認知症

だって
今
ごはん食べたのに
覚えてなかったり
して

「そうかね
じゃっ、
パンでも
食べるかね？」

「あるんかね？」
「あるよ」
「じゃっ、
食べよっか」

うれしそうに
微笑んだ

僕も

思わず
ニッコリ

「ふ〜」っと
鼻から
息がぬけて

肩の力が
ぬけた

こたつに
両手をついて
立ち上がり
ながら

「ちょっと
待っちょってね
すぐ
持ってくる
からね」

「はい」

あまりの
素直さに

思わず

おふくろを
ちらっと
見た

なんとも
純な
横顔

かわいい
って
思った

神様って素敵

こたつ　7

結局

元に

戻った

気付けば

朝

もう

いい

5. シルバーカーを押しながら

うふふふふ

ちっちゃいバッタが

しがみついちょるねえ

ええねえ

うふふふふ

原発　-究極のひまつぶし-

造る前から
こうなることは
解ってたんじゃない？

廃炉のために
働いてる人たちを
テレビで見てると
究極のひまつぶしに
見えてしまう

人のためとか
国のためとか言って
危険を造って
遊んでる

長い歳月をかけた
究極のひまつぶし

しかも
関係ない人たちまで
巻き込んで

でも
続けるしかないよね
愛すべき子供たちの
明るい未来のために

それが出来るのは
みなさんしかいない

そしてこれは
何十年も
かかってしまう
こと

でも
大丈夫

みなさんの姿を見て
みなさんの意志を継ぐ
素敵な若者たちが
たくさんいます

だから
大丈夫

明るい未来が
きっと　来ます！

錯覚？

例えば
ルーの写真など
ふと見ると

応援して
くれてるように
感じることが

よくある

君は
うまくいってるぜって
大丈夫だぜって
素敵だぜって

すごく安心する
だから　つい
ちらっと
見ちゃうことも
ある

で　そんとき
もし　そう感じなかったら
どうしようって
思いながら

落ちつかない

お金がなくて
給料もらっても
微々たるもの

何とか

お金回して
生きている

今月は定期購入
スキップしようとか
クレジットの支払い
ちょっとのばしちゃおうとか
何とかぎりぎり
やっている

こんな生活してると
何もかもが
いやになってくる時がある
人生から
逃げだしたくなったり

不安？
あせり？
何だろう？
息がつまる
思わず涙が
こぼれそうになったり

しかも
こんな時に限って
お金が必要な
何かがおこる

例えば
冷蔵庫が壊れたり

もう勘弁してくれって
もうないだろうって思っても
きっとまた何かがおこる
そんな気が常にする
次は何だろうって

ほらね
今度は洗濯機
どうなっちょるんか
ほんとにもう

ほんとにたまに
お金盗んでやろうかって
心をよぎる

わざと自宅に火をつけて
保険金せしめてやろうかって
思ったことも

とりあえず
飯は

ちゃんと
食ってるけど

それと
このくらいいいでしょ？
ほんのちょっとの楽しみ
風呂あがりの一杯

ねっ！
かあさん

危険な誘惑

有名な俳優さんたちが
おいしそうに
お酒の宣伝してるけど
そんなに
依存症を誘発して
何が楽しんだろ

これこそ
危険な誘惑

ギャンブルなんかも
そうだよね

パチンコ屋に
有名人が
来たりして

これこそ
危険な誘惑

これこそ
危険な誘惑

依存症って
一度なったら
二度と元には
戻れないんだよ

脳がいかれちまうのさ
心じゃ分かっちゃいても
どうすることも
出来なくなるのさ

まさに悪女が
健全な男子の
心のすきに
忍び寄るようなもの

これこそ

危険な誘惑

これこそ
危険な誘惑

これこそ
危険な誘惑

これこそ
危険な誘惑

みなさん
責任とれるの?

これこそ
危険な誘惑

これこそ
危険な誘惑

これこそ
危険な誘惑

これこそ
危険な誘惑

覚醒剤を
売ってる人たちと
やってること
一緒なんだけど

しかも
白昼堂々と

好い加減
目覚めてほしい

だって
俺
みなさんのこと
大好きだから

中村哲さん

干上がった大地
家族の命を奪った水
生きるために
飲むしかなかった

わずかな水を
奪い合う

生きるために
戦争に行く

緑が消えた
田畑が消えた
動物たちが消えた
虫たちも消えた

彼らに必要なのは
医療じゃない

百人の医者より
一本の用水路が
必要だ

多くの子供たちを
救うために

用水路を造ることを
決意した中村さん

中村さんの意志は

揺るがない

うわさを聞きつけ
男たちが
少しずつ
集まってきた

自ら望んで
戦争に行く
わけじゃない

家族のために
生きるために
行くのだ

彼らは
ここで生きるための
知恵を
持っている

何が必要なのか
どうすればいいのかを
知っている

男たちと中村さんの

揺るぎない作業の末
とうとう
水が流れた

あふれる水が
戻ってきた

そして何より
喜びに満ちた
みんなの笑顔が
戻ってきた

戦争によって奪われた
彼らの心のよりどころ
礼拝の場モスクの
建設も始めた
中村さん

彼らは叫んだ
「これで開放された」
と

みんな中村さんに
心から感謝した

中村さんを

強く抱きしめた

これこそ
人の
本来の姿

緑が戻ってきた
田畑が戻ってきた
動物たちが戻ってきた
虫たちも戻ってきた

今の世の中
物や情報が
あふれる中

人はそれを
見失って
しまうのかも
しれない

アフガニスタンの
人たちは
中村哲さんは

俺たちに

それを
教えてくれて
いる

俺は
そう
思う

しかし
戦争は
終わらない

でも
心身共に
潤っている
この村に
戦争は
ない

子供たちは
この国の役に立ちたいと
中村さんが造ってくれた
マドラサで

元気いっぱい

勉強に
励んでいる

温(あ)ったかい太陽の下(もと)
草木が生い茂り

用水路では
子供たちが魚を追い

蜂たちは
蜜を求めて花に舞い

鳥たちは
木々の間を飛び交い

動物たちは
水辺に憩う

秋
稲刈りに精を出す
男たちの笑顔が
美しい

「稲刈りのために
もっと体力つけなくちゃ」

って

そして用水路は
今まさに
みんなの
憩いの場に
なっている

子供たちは
バシャバシャ
バシャバシャ
大はしゃぎ

時には
男たちまで
一緒になって
大はしゃぎ

最高っ!!

気持ちいいっ!!

まあっ!!

うふっ!!

列　車

なんか落ち着くな
列車の音って
ゆっくり走ってても
ぶっとばしてても

線路のそばに
引っ越して
最初はうるさいって
思ったけど

ぶっちゃけ
線路に石
置いてやろうかって
思ったことも

ああもうって
うんざりしたことも
うるせえって
叫んだことも

でも

慣れちゃったら
ほんとに
心地好い

その時々の
心の
状態も
あるのかな？

いつまで続くの？　2

1

あれから三年

結局
君に
会えなかった

ありがとう

さようなら

うん、

これで
いい

そういや俺は
運命の人なんて
詩を書いてる

あれは
まぎれもない
事実

あの人に
ふっとどこかで
遇えたら
いいな

飯でも食い行くか

おおっ、
あそこ行ってみるか

食いたいもん食お

やっと

さようならが
言えた

オッケ〜

これで
いい

ありがとうが
あふれてくる

あ〜、
風呂でもはいるか

すばらしい
思い出だ

うんっ、

よしっ、
オッケ〜

ありがとうが
止まらない

最高！

元気出してゆこう
それっきゃない

ほんとに
ありがとう

「御飯出来たよ」
「ああ、それかね」

　　　2

半年後

ゆっくり湯舟に
つかりながら
ふと思った

あの時俺は
もうこれで
山下は来ないって
薄々
気付いてたように
思う

やっぱりあの時
声かけとけば
よかった

湯舟からあがり
ゆっくりひげを
そりながら

うん、
ほんとに心が
落ち着いた

うん、
よしっ、

ありがとう

「あれ?
おふくろは?」
「歩こう会じゃ
ないかね?
ようわからんが」
「ああ、そうかね」

じゃ、

飯作るか

ほんとに
ありがとう

山下
ありがとう

ありがとう

オッケ〜

ゆっくり飯を
食いながら

山下
オッケ〜

仕事の支度をし
「そんじゃ、
行ってきます」って
おやじに一声かけて
玄関を出た

バイクの前で

ふう、

よしっ、

バイクにまたがり
エンジンを
かけながら

山下
ほんと
ありがとな

山下

目の前に
澄みきった
青い空が
広がった

久しぶりに
こんなにはっきり
見た気が
した

山下

うん、

んっ!
あの雲
すげえ
かっこいい

まじ、
いい

うん、

山下

バイクを
走らせながら

思わず
親指を
突き立てた

「うん、オッケ〜」って
つぶやきながら

山下

うん、

明くる日

忙しく厨房を
かたづけながら
思わず
「オッケ～牧場※」って
つぶやいた

山下
ありがとな

んっ、

いい
思い出
だ

明くる日

バイクにまたがり
秋なのに春のような
ポカポカ温(あ)ったかい
日差しに包まれて
出勤してると

再び
目の前に
澄みきった
青い空が
広がって

あの雲は
一生忘れない
って
思った

山下

ホールを回りながら
自分でも
びっくりするくらい
いい声出してる
って思った

久しぶりに
職場に仲間と
気さくに話してる
って思った

思わず
胸が熱くなり
少し
涙がにじんだ

二日後の夜

晩酌しながら
思わず
親指を
強く
突き立てた

よしっ、

明くる朝

山下
ありがとう

山下

うん、

オッケ～牧場

山下
最高っすっ!

山下

  3

二ヶ月後

俺は山下に会った
最初っから
山下のこと
好きだったのかも
しれないって
ふと思った

いや
そうだったんだ

山下に会うちょっと前
ほかの娘と
いろいろあったから
そんな気持ちを
ごまかしてたのかも
しれない

いや
そうだったんだ

まあいいやって
本当の気持ちを
ごまかしてたんだ

なんかいいやって
そんなことないだろうって
そういうことじゃないって
自分の気持ちに
気付かないふり
してたのかも
しれない

一ヶ月後

ありがとな

　　　4

一ヶ月後

春先の
ひんやり心地好い
ちょっと曇った日

国道を
ぽけ〜っとバイクで
走ってると

山下歯科医院
の看板

山下

オッケ〜

うんっ、

その日の夜

ゆっくり晩酌
楽しみながら

スポーツニュスで
マー君☆の特集
見てたら

山下

うんっ、

明くる日

ゆっくり湯舟に
つかりながら

落ち着いた

明くる日

トイレでゆっくり
用を足してると

結婚！

山下
だったのかも
しれない

思わず
鼻で

ふんっ!

　　　5

三ヶ月後

バイクにまたがり
ポカポカと
温(あ)ったかい日差しに
包まれながら
潮の香りを
感じてると

ふと

山下

ふう、

うんっ、

明くる日

トイレの中で

オッケ～牧場

　　　　6

一ヶ月後

夜の暗闇の中
ひんやりとした
向かい風を
軽く感じながら
ゆっくりバイクを
走らせていると

ふと

……

……

……

オッケ〜牧場

半月後

真夏の
うだるような暑さを
身にまとい
体中に
にじむ汗を
感じながら
だらだらバイクで
出勤してると

ふと
目の前に
澄みきった
見事な
夏空が
広がり

やっぱりあの雲は
一生忘れないな
って思って

軽くうなずき

絶対
忘れない
ってはっきり
自覚した

　　　　　※元ボクシング、世界チャンピオンのくだらないギャグ
　　　　　☆元楽天イーグルスの絶対的エース

シルバーカーを押しながら

澄みきった青い空
背中がポカポカ
風がそよそよ

「う〜うっ、あ〜」
軽〜くのびをする
ちょっとけだるい

「行こうか」
「どっちかね？」
「こっちよ」
右手を指で指す
「よしっ、」

「ええ天気じゃねえ」
「うん、温ったかい」
「雲が一つもない」
「うん、か〜ぜ〜がそ〜よそよ」

「あっ、おはようございます」
「今日はええ天気じゃねえ」
「気持ちいいですね」
いつも笑顔の
近所のおじさん
軽〜くおじぎ

「よう手入れしてあるねえ」
「きれいに咲いちょるねえ」
思わずほっこり

駅のロータリーでは
タクシーの運ちゃんたちが
腕組みして
何か話してる

バス停のベンチで
スマホを見てる若者
おしゃべりしてる
おばちゃんたち

「ひざ痛くないかね？」

「うん？」
「ここ痛くないかね？」
軽くおふくろの
左ひざをさする
「大丈夫よ〜」
ほんのり温(あ)ったかい

「自転車がいっぱい
倒れちょるねえ」
「風が強かったん
じゃねえ」

温(あ)ったかい日差しに
包まれたまま
おふくろと
のんびり
散歩してたら
ばったり
会った

「あっ、おはようございます」
「美しいよ」
「あっ、ありがとうございます」

いそべのおばさんの
やさしい笑顔

いつもは
きりっとした顔
してるのに

ぺこりと
おじぎして
別れた

いそべのおばさんの
笑顔って
初めて
見た気が
する

思わず
心が
ほっこり

ふと
親戚がやってる
お寿司屋さんを
見る
車が止まってる
今いるな

「ほんとに温(あ)ったかいねえ」
「うん、背中がポカポカする」

「ほんとポカポカするねえ」
「うん、か〜ぜ〜がそ〜よそよ」

「おかあさん、
歩くの速いねえ」
「ええ、足しっかりしてます」
いつも賑ってて昼間から
カラオケやってるスナックの
気さくなママさんの
ちょっとびっくりな顔
思わずぺこり
「まあ〜」

スタスタ歩いていく
おふくろ
「ちょっと待って！」

「あっ、どうも」
おろおろとおじぎ半分
おふくろを
追いかける

まぶしい太陽
川のせせらぎ
草がゆらゆら

川には鴨が浮かんでる
光が跳ねてる
ちょっと眩しい
口ばしで
川をつついてる
何かいるのかな？

「車よっ！」
車が通り過ぎる
ちょっとよけた
シルバーカーを
押しながら

思わず
おふくろの体を
軽く支えた
やわらかい
ほんのり
温(あ)ったかい

おふくろの
やさしい横顔
思わず
肩の力がぬけて
ほっこり

川面にさぎが

突っ立ってる
なんかいい

「ほんとええ天気じゃねえ」
「うん、ほんと雲が一つもない」
「気持ちいいねえ」
「うん、気持ちいい」

チワワが
チロチロ
歩いてる
「かわいいねえ」
「かわいいねえ」

「わあっ！　よう咲いちょるねえ」
「咲いちょるねえ」
「何ちゅう花かいね？」
「うちもようわからん」

ゆっくり走る
ジョギングおじさん
歩いてるみたい

「道がよくなったから
押しやすい」
「うん、そうじゃね」

おふくろがにこりと
「かわいいねえ」
ベビーカーを押してる
若いおかあさん
やさしい笑顔で
思わずぺこり

そろそろ桜が
咲く季節
でもまだ
つぼみないな

「あっ、信号が変わる」
「こりゃ間に合わん」
ちょっとだけ
急ごうとしたけど
すぐ諦めた

「赤よっ！」
思わず
おふくろの肩に
ポンと手を置く
「赤ちゃん赤ちゃん」
ほんのり温（あ）ったかい

おふくろお気に入りの
青いシルバーカーに

つかまったまま
信号機を
見つめてる

やさしい
横顔

思わず
心が
ほっこり

「青になったよ」
おふくろの肩に
ポンと手を置く
「はい」

となりにいた子が
青になったとたん
走って横断歩道を
渡った

若いおかあさん
あわてて
「あっ、ちょっと待って!」

女の子は
向こう側で立ち止まって

きょとんと
こっちを見てる

「かわいいねえ」
「そうじゃね」

若いおかあさん
自転車を
押しながら
「もうっ、」

思わず
くすり

アンディ※の眼差し

トイレに
アンディの
カレンダー

まじ
いい

思わず
忘れてしまいそうな

いつもの日常が
ふと
戻ってくる

やさしい

まじ
いい

あったけえ

まじ
最高！

ほとばしる
感性

自分らしさの
爆発

まるで
太陽

まじ
あったけえ

やさしい

※ポップアートを代表するアーティスト
故アンディ・ウォーホルさんのこと

勝ってたまるか

野原でかけっこ
街中(まちじゅう)こけっこ
このまま続いて
なおけっこう

太陽浴びて
いいもん食って
御洒落して
まるでちょうちょのように
ひらひらと
足取りだって
軽やかに

野原でかけっこ

街中こけっこ
このまま続いて
なおけっこう

勝ってたまるかって
つぶやきながら生きてると
素敵なことがたくさんあるって
本当だぜ

野原でかけっこ
街中こけっこ
このまま続いて
なおけっこう

自分が大好き
みんな大好き
聞く耳持って
ゆこうじゃない

野原でかけっこ
街中こけっこ
このまま続いて
なおけっこう

自分に勝つなんて
思わなくていいんだぜ
そんなこと思わなくたって

人って自分に勝てるもの

野原でかけっこ
街中こけっこ
このまま続いて
なおけっこう

いつも笑って
ゆこうじゃない
いつものように
いつものままで

野原でかけっこ
街中こけっこ
このまま続いて
なおけっこう

全て勝ってたまるかだぜ
全て勝ってたまるかさ
素敵なセックスしようじゃない
そしてゆっくり寝ようじゃない

野原でかけっこ
街中こけっこ
このまま続いて
なおけっこう

太陽浴びて
いいもん食って
御洒落して
まるでちょうちょのように
ひらひらと
足取りだって
軽やかに

野原でかけっこ
街中こけっこ
このまま続いて
なおけっこう

弱い自分で
ゆこうじゃない
駄目な自分で
ゆこうじゃない

野原でかけっこ
街中こけっこ
このまま続いて
なおけっこう

肩の力を
すこ〜んとぬいて
元気だして
ゆこうじゃない

野原でかけっこ
街中こけっこ
このまま続いて
なおけっこう

愛は勝つなんて
思わなくていいんだぜ
そんなこと思わなくたって
愛は勝つもの絶対に

野原でかけっこ
街中こけっこ
このまま続いて
なおけっこう

心の力も
すこ〜んとぬいて
あるがままで
ゆこうじゃない

野原でかけっこ
街中こけっこ
このまま続いて
なおけっこう

みんなを変えるくらいなら

自分が変わろうぜ
その方が
絶対楽しいぜ

野原でかけっこ
街中こけっこ
このまま続いて
なおけっこう

ぶっ壊れたまま
ゆこうじゃない
何でもありで
ゆこうじゃない

野原でかけっこ
街中こけっこ
このまま続いて
なおけっこう

太陽浴びて
いいもん食って
御洒落して
まるでちょうちょのように
ひらひらと
足取りだって
軽やかに

野原でかけっこ
街中こけっこ
このまま続いて
なおけっこう

生きてんだぜ
俺たち！
ごちゃごちゃ考えてねえで
前向いて進め！

野原でかけっこ
街中こけっこ
このまま続いて
なおけっこう

やさしくしっかり
どんとゆけ！
みんなかっけえ
熱いっす！

野原でかけっこ
街中こけっこ
このまま続いて
なおけっこう

バカでけっこう
それっきゃない！

のんびりやろう
それっきゃない！

野原でかけっこ
街中こけっこ
このまま続いて
なおけっこう

協力しあお
それっきゃない！
勝ってたまるか
それっきゃない！

野原でかけっこ
街中こけっこ
このまま続いて
なおけっこう

素敵な彼女のおかげで俺は
勝ってたまるかって
素直に思えるように
なったんだぜ！

野原でかけっこ
街中こけっこ
このまま続いて
なおけっこう

野原でかけっこ
街中こけっこ
このまま続いて
なおけっこう

野原でかけっこ
街中こけっこ
このまま続いて
なおけっこう

やらなきゃ
成功も失敗もねえぜ!
思いっきり
恥かいちゃおうぜ!

野原でかけっこ
街中こけっこ
このまま続いて
なおけっこう

野原でかけっこ
街中こけっこ
このまま続いて
なおけっこう

野原でかけっこ

街中こけっこ
このまま続いて
なおけっこう

6. 星

ねずみ捕り？

なんとも
ポカポカ
心地好い

桜も満開
あっちこっちに
咲いている

警官たちも
まるで
ひなたぼっこ
心地好さそう

思わず
ふっと
笑っちゃった

なんだか
とっても
のどかな
風景

すごく
いい

バイクにまたがり
潮の香りに遊ばれながら
一直線の国道を
ゆっくり走る

どこまでも広がる水平線
吸いこまれそうな青い空
心地好いバイク音
はためくチェックのシャツ

これって
ほんとに
ねずみ捕り？

なんだかなあ

まっ、いいか

そりゃ、そうだ

……

んっ？

桜
ほんとに
満開
だわ

やっぱ
いいな

思わず
ほっこり

……

おっと！
青だ

ブル〜ン

原　爆

戦争は
単なる
命知らずの
チキンレース

どっちがより長く
アクセルを
踏んでられるかって
競争してるに
過ぎない

勝つと思うな
思えば負けよ
どっちか先に
武器を
捨てたらいい

そうすれば
両方
勝者

必ず
そうなる
今のアメリカと
日本のように

出来ることなら
原爆を落とす
その前に
どっちか
武器を捨てて
ほしかった

でも
出来なかった

それが
人間

無抵抗主義こそ
無条件降伏こそ
平和への
第一歩

俺は
そう思う

でも
無条件降伏
しなかった方こそ
自分を追いつめる
罪の意識から
逃れられないのかも
しれない

だからこそ
アメリカは
今もなお

他の国々との
戦争を
やめられないのかも
しれない

もしそうならば
逃れるのではなく
受け入れるべきだ
赦すべきだ

しかも
あの原爆投下は
戦争を
終わらせるために
正しかったと
教えられていると
言う

だからこそ
心に決着が
つかないのかも
しれない

だってこれは
あまりにも
恐ろしいこと
だから

原爆投下は
正しかったという
大間違いを
正してこそ
心に決着が
つくのだ
ろうか？

それでもなお
心に決着は
つかないのだ
ろうか？

だってこれは
あまりにも
恐ろしいこと
だから

正しい
戦争なんて
どこにも
ない

正しい
戦争なんて

一つも
ない

もしかしたら
日本人は
無条件降伏
したことで
これでいいのだっていう
すがすがしさを
持ってるのかも
しれない

俺は
そんな気が
する

そして何より
戦争は
最大級の
自然破壊

そういう意味でも
人の心を
徹底的に
蝕んでしまう

無抵抗って
向かって行くわけでもなく
逃げるわけでもなく
いつもどおり
あるがまま

でもこれは
本当に
打ち解け合う
までには
辛く
険しく
長い
道程(みちのり)が
待ってるだろう

ガンジーさんや
マンデラさんの
映画を見て
深く
感じたこと

原爆は
綿密に

計画された
究極の
いじめ

みんなが
うそいつわりのない
素直な自分
あるがままの自分で
生きてゆければ

世界は
きっと
平和に
なる

俺は
そう思う

原爆を投下した
B－29の
乗組員たち

あの時もし
俺が
その立場

だったら

俺も
同じように
原爆を
落とした
だろう

落とす以外の
選択肢は
与えられなかった
だろう

そして想像を
はるかに超えた
破壊力に
心が
こなごなになった
だろう

ある
テレビ番組で

原爆を
落とした若者が
被爆者たちの
前で

「とんでもないことを
してしまった」と
語ったと
言う

なのに
国のトップたちは
原爆は
正しかったと
教え続けて
いるのだ

原爆投下から
70年もたった
今でも

相手を
変えるんじゃない
自分が
変わればいい

ただ
それだけ

もし

原爆を計画した
者の中に
そんな思いに
なる者がいたら

そして
そんな思いを
みんなで
共有することが
出来たなら

あの
原爆投下は
なかっただろう

あの時
アメリカは
アクセルを
踏みきってしまって
自らを
奈落の底にまで
突き落として
しまったのだろう

いつもの生活が
大事

それを
忘れてしまったら
全ての歯車が
狂ってしまう

俺は
そう思う

あの時もし
日本が先に
原爆を完成
させてたら

きっと日本も
アメリカと
同じように
原爆を投下
しただろう

そして
あの原爆投下は
戦争を
終わらせるために
正しかったと
教え続けたに
違いない

俺は
そう思う

だから
どっちが悪い
ってことじゃない

それが
人間

人が人を
裁く

俺は
違うと
思う

でも
法で取りしまる
それを
しなかったら

とんでもないことに
なるだろう

それは
どうしても
思う

笑顔の絶えない
明るい社会なんて
単なる空想に
過ぎないのだ
ろうか？

原爆の父と言われた
オッペンハイマーさん

誰にだって
おこりうる
大きな
過ち

彼はただ
ユダヤ人を
迫害する
ナチスドイツを
許せなかった
だけなのだ

そして彼の
科学者としての血が
彼を
何の迷いもなく
まっすぐに
突き動かした

でも
オッペンハイマーさんは
はっきりと
気付いた

とんでもないことを
してしまったと

そして
オッペンハイマーさんは
亡くなるまで
十分過ぎる
罰を
受けている

苦悩と
いう
罰を

彼は
自分が
してしまったことに
十分
向き合ったのだ

確かに
オッペンハイマーさんは
戦後
日本には
訪れたが
広島長崎に
行くことは
なかったと
言う

でも
十分では
ないか

そこまで
彼に
強いることは

誰にも
出来ない

俺は
そう思う

そして
オッペンハイマーさんは
言った

「我は死
世界の破壊者」

と

人は
過ちを
犯すもの

それでも
俺は
人って
素敵だな
って思う

戦争は
みんなの心の
中にある

自分の
一部

知らず知らず
のうちに
持ってしまう

憎しみ

縁

それが
人の心を

変えて
ゆく

原爆を
落としてしまった
若者の
悲痛な声を
聞いて

彼を
許した
被爆者が
いる

　　いつまで続くの？　3

秋なのに
生温(あ)ったかい
水平線に沈む
真っ赤な夕日が
美しい国道を
バイクでのんびり
走ってると

ふと

そうだったんだ
ろうな

このままでいい

山下

うん、

そのままでいいよって
教えてくれてたんだ

ってことは
勝ってたまるかに
書いた
素敵な彼女って
山下のこと?

んっ?

あれっ?

そうなの?

いや
素敵な彼女が
二人いたって
いい

明くる朝

目を醒まして

ふと

このままで
大丈夫

山下

しばらく
布団の中で
目を閉じたまま
ゆっくりしてると

ふと

山下

明くる朝

目醒めて

すぐ

山下
ありがとね

運命の人　2

運命の人っつったって

結局　このまま

一生遇わなかったら

どうすんのっちゅう話だよね

これ

介　護

おふくろの
介護を
しながら
気付いたこと

人って
何か
起きてからじゃ

ないと
気付かない
ってこと

いや
そうした方がいいって
分かってるんだけど
出来ない
ってこと

おかげで
おふくろに
けがさせて
しまった

こけちゃった

これで
四回目

四回やって
やっと
気付いた

自分が
いかに
甘いか

って
ことに

でも
きっと
また
やるだろう

そんな
気が
する

だって
そこまで
気はって
られない
もの

2020　東京五輪

ナチスの
オリンピックより
怖いと思ったの
俺だけ？

だって
選手村の
料理や食品
毎日毎日
大量廃棄

コロナ禍で
苦しんでる人たちが
大勢いる中で
なんで
そんなことが
出来たの?

ガス室と
同じことじゃない?

まるで
そんな人たちなんか
いないかの
ように

本当に
怖い

俺

スポーツ大好きだから
一応見たけど
全然
楽しめてなかったって
改めて
思った

オリンピック
となると
みんな
狂っちまう

本当に
悔しい

オリンピックに
関わった人たちは
まるで
英雄気取りで
成功を
称えてる

でも俺には
何かこの人たちは
このオリンピックは
やっぱ

やっちゃいけなかったって
そんな思いに
脅えてるように
見える

コロナ禍で
多くの人たちを
犠牲に
したんだって
解かってるんじゃ
ないかって

自分の
そんな思いから
逃れようと
してるんじゃ
ないかって

そんな思いに
蓋をしようと
してるんじゃ
ないかって

今の総理大臣も
そんな思いから
逃れられなくて
おかしな状態に

なってるんじゃ
ないかって

俺には
そんなふうに
見える

何か
笑顔が
ぎこちない

やっぱ
間違いは
素直に
認めるべきだと
思う

やっぱ
間違いは
素直に
受け入れるべきだと
思う

そんな不自然な
状態のままだと
また戦争

おっぱじめちゃうんじゃ
ないのかね

オリンピックより
遥かに素敵な
宝物

一人一人の
大切な命

一人一人の
大切な命

スポーツは
勝ち負けじゃない

お互いを
称え合い

心技体共に
切磋琢磨
し合うもの

こたつ　8

また

こたつの季節が

やってきた

……

くう〜っ！

やばっ！

いつまで続くの？　4

山下も
俺を通して
ありのままで
いいんだって

思ってくれたのなら
最高だな

トイレの中で
笑顔で
元気いっぱい
親指を
突き立てた

思わず
三回も

笑顔の
感じを
ちょっとずつ
変えて

だって
いい笑顔で
突き立てたかった
から

んっ?

んっ?

うんっ、
オッケ〜

こんなもん！

目

目は口ほどに
ものを言う

これ
すごく大事な
こと

しかもこれ
すごく思うのは
黒澤明さんの
映画

黒澤さんの
映画ほど
目の力を
強く感じる
映画は

ほかに
ない

しかもそこに
全く
不自然さは
ない

だからこそ
美しい

たとえそれが
どれほど
悪意に満ちた
目だと
しても

目は
絶対に
ごまかせ
ない

もの言う目は
意識して
作れるものじゃ
ない

だからこそ
目は
一瞬にして
全てを
語る

あなたを信じてる
っていう
一瞬の
輝きに満ちた
目

「あっ、けいすけかね」
って言う時の
おふくろの
ほっとした
目

そんな目を
見た時

俺は
うれしく
なる

俺もみんなに
そんな目を
見せてる
だろうか?

あなたへ

全身の力が
スコ〜ンとぬけて
本当に素敵な
笑顔に戻った

すっかり
あなたらしい
ほんのちょっぴり
しかめっつらの

うふっ、

?
何?

ううん、
別に、

?
?
んふっ、
スー

うん、
ふふっ、

?

差 別

何かに
かこつけて
マウントを
とりたがる

俺も
きっと
そんな
人間の
一人

何かをきっかけに
知らず知らずの
うちに
そんな自分が
芽を出してる

きっと
そんな
感じ

そして
そんな人ほど
自分は正しい
って
思ってるの
だろう

誹謗
中傷

そんな形でしか
自分は正しい
って
思えない
のだろうか？

ってゆうか
正しい自分
って
何だろう？

自分は
そのままで
正しいんじゃ
ないの？

それに
子供の頃から
すりこまれてること
って
あるよね

しっかり
根を
はってる
こと
って

俺は
子供の頃

そんな差別を
受けてる子たちとも
よく遊んでた

高校生になって
そんな差別が
あるってことを
初めて知った

正直
ぶったまげた
何それ？
って

だって俺
みんなとよく
遊んでたよって
それって
どういうこと？
って
どういうことだろう？
って

その時から
心の中に
もやもやが

生まれ

今も
心の中に
ずっと
ある

何なんだろう？
って
それって何だろう？
って

俺は
本当に
素敵な親を
持った

それは
本当に
心から
思った

だって
その友だちの
おかあさんが
やってた

焼肉屋さんに
家族でよく
食べに
行ってたもの

でもそれは
自分が
気付いて
ないだけで

俺もずっと
誰かを
差別してきたかも
しれない

今もなお
誰かを
差別してるかも
しれない

そんな
怖さは
常に
ある

そんな

怖さを
忘れてる
時さえ
ある

そのことに
ふと
気付いた
時

ぞっとする

それが
一番
怖い
こと

悪い自分を
ひたかくそうと
する
自分

悪い自分から
逃げだそうと
する
自分

悪い自分を
排除しようと
する
自分

そんなこと
出来る
わけ
ないのに

何かに
かこつけて
マウントを
とりたがる

俺も
きっと
そんな
人間の
一人

そんな
自分に
気付かない
自分

差別

そういや
俺
子供の
頃

バカチョン
って言葉
あたりまえの
ように
使ってた

これって
ある人たちを
傷つける
見下す

ひどい
言葉

確か俺
それって
差別用語だよって
その友達から

教えてもらったように
思う

その時
ドキっとした
覚えが
ある

そう
その友達に
誘われて
朝鮮学校に
遊びに行った時

その友だちが
俺の耳もとで
ささやいたん
だった

でも
その時は
何のことか
よく解って
なかったと
思う

それ以降
まわりの人たちから
その言葉
聞くたびに

心が
もやもや
した

特に
大人の人たちが
それ
使ってたら

大人も
使ってる
って

俺もまた
うっかり
使っちゃうかも
って

そうだった

俺も人を

知らず知らずの
うちに
傷つけて
たんだ

こたつ　9

もう

なんとも

思わない

……

やっぱ

腰痛てっ！

このままゆこう！

さかのぼって
思ってみると
解りやすい

インド植民地支配
からの独立の
ガンジーさん

黒人公民権運動の
ルーサーキング牧師さん

ペレストロイカの
ゴルバチョフさん

アパルトヘイト政策廃止の
マンデラさん

アフガニスタン復興の
中村哲さん

ミャンマー民主化の
スーチーさん

今このようなことが
各国だけでなく
世界レベルでも
起きてるのでは
ないか

第二次世界大戦以後
少しずつ
そういう方向に
進み始めてるのでは
ないか

そして今
その大混乱の
最中(さなか)では
ないか

俺は
そう
感じてる

これを
乗り越えれば
必ず

世界に
平和が
訪れる

人々は
必ず
これを
乗り起える

そうすれば
地球そのものの
平和も
訪れる

俺は
そう
信じてる

このままゆこう!

このままゆこう!

人々は
これを
乗り起えるための
すばらしい

知恵を
持ってる

大丈夫！

やれば
出来る！

俺たち
だから
出来る！

黒人初の大リーガー
有色人種差別と
戦かった
ジャッキー・ロビンソンさん

「私は暴力はしない
プレーをする」
と
彼は
言った

そして
彼が

大リーグデビューした
四月十五日

全ての
大リーガーたちは
毎年
彼の永遠の
背番号

42

をつけ

プレーする

戦争って
差別って
人が人を
害虫のように
扱い
駆除してる
ようなもの

自分が
やりたいことをやる

自分が
幸せになること
それが
勇者の証(あかし)

「私は暴力はしない
プレーをする」

このままゆこう!

俺たち
だから
出来る!

みんなの
心に
刻まれて
在るもの

愛

星

あっ！

星

何年ぶり？

ちゃんと

見たの

　　いつまで続くの？　5

二年後

生温(あ)ったかい空気の中
遅刻しないようにと
ピリピリしながら
バイクを走らせながら

どんよりとした
今にも雨が
降りだしそうな
厚くて
気味悪い雲を
なんとなく
見上げたら

ふと
あの雲を
思い出した

「あっ!」

NO

早苗さんです

明くる日

夕暮れ時に
生温(あ)ったかい風に
あおられながら
出勤してると

ふと見上げた空に

まだまだ明るいのに
半月が浮かんでいて
うさぎのもちつきが
見えた

半月の周りには
雲一つなく
はるか遠くに
うっすらと
すじ雲が
見えた

早苗さんです

って
あの雲を
思い出すことなく
すっと
思って

いつものように
バイクを
走らせた

やっぱ
うさぎって
本当に

いるんだ

どう見ても
うさぎに
見える

ほんと
風が
生温(あ)ったかい

うん
余裕で
間に合うな

若い衆が
横断歩道を
渡ろうとしたので
手前ですっと
止まった

一ヶ月後

秋のひんやりとした
潮の香りをくんくんと
「うんいいねえ」
って楽しみながら

バイクを
走らせてると

ふと
雲に
目をやった
瞬間

まぶたが
ひくひくして

一瞬
山下

そして

ゆっくり
おちついて

早苗さん
です

心地好い
風の中を
おちついた
おももちで

職場へと
向かった

三日後の朝

おふくろを
車椅子に乗せて
のんびり
散歩してると
ふと思った

あの雲は
心の
片隅に
ずっと
ある

金木犀の
香りが
心地好い
秋のそよ風

どこまでも
広がる
青い空

思わず
深呼吸

す〜
は〜

小鳥の
さえずり

光が
跳ねてる
眩しい
屋根屋根

気持ちいい！

三ヶ月後

バイクにまたがり
冷たい向かい風に
あおられながら
しかめっ面で
海岸線を
走ってると

ふと

雲に
自然に
目がいった

山下

早苗さん

何も
おこらない

一瞬
軽く
目を
見開いた

終わった！

明くる日の朝

冬とは
思えないほどの
日本晴れの中

まぶしい太陽に
まぶたを

いたぶられながら
バイクを
走らせてると

早苗さん

オッケ〜

満面の笑みで
おもいっきり
親指を
突き立てた

そして　半年後

まるで夏本番の
うだるような暑さを
身にまといながら
「暑いなあ、もう」って
あきらめ気分で
バイクを
走らせてると

ふと
すじ雲が広がる
青空に

目がいって

まぶたが
ぴくり

やっぱ
あの雲
忘れねえな

……

……

……

山下
ほんと
ありがとね‼

明くる日の朝

いつものように
仕事に行く
支度を済ませ

バイクにまたがり

出発したら

す〜っと

早苗さん
よろしく

……

さわやかな
青い空

向かい風に
ほのかに感じる
潮の香り

心地好い

……

深緑の
草木も
すっかり
生い茂ってる

……

そういえば
今日は
なんと
七月七日

七夕

……

なんてね!!

切れない包丁

道具じゃないハート

おやじおふくろから
学んだこと

切れない包丁

でもおいしいおいしいって
食べてくれるもの

だって　おふくろ
認知症なのに

包丁使おうと
しちゃうから

危なっかしくて

こたつ　10

う〜っ、

ねむい

あったかい

こたつで

ひとやすみ

う〜っ、

きもち

いい

ありがとね!!

もうおわった？
おわったかねえ
よかったね！
そうじゃねえ

ふと
ぽつりと
そのひに

わかって
たんだね
おふくろ

ありがとね!!

愛ちゃん※へのオマージュ

愛ちゃんは

きっと
毎日
彼と
キスしてる

素敵な
キス

やさしい
キス

幸せの
キス

人生って
いろいろ
あるから
おもしろい

素敵な
素敵な
ファンタジー

私は
幸せ

だから

みんなも
幸せに
なってね

そんな
愛ちゃんの
声が
聞こえる

Another Story
（for lovers）

んっ？

どっち？

よくわかんねえ

言ってるって

そうなの？

よくわかんねえけど

キスは

毎日
してるね

私も
そう
思う

きっとね

俺たちも
する？

ばっかじゃ
ないの

やっぱ
言ってるって

……

幸せかあ？

……

うん
なんか
そんな

気が
してきた

でしょ

……

で、
俺たちは
どう?

幸せ?

……

さあね

……

イスカンダルへでも
行っちゃおうか?

なんで?

……

よくわかんねえ

……

　　　※故飯島愛さんの未完の傑作「Ball Boy & Bad Girl」
　　　　を読んで

あとがき

愛ちゃんの
とっても純な
恋愛観

この詩集のラストに
それを
書きたかったのかも

いい時も
悪い時も
元気潑剌
全力疾走

そんな愛ちゃんが
今でも
大好きです

あの笑顔は
絶対
忘れない

まるで天女が
地上に舞い下りて

素敵なプレゼントを
みんなに配って
天に上っていった
よう

って
写真集
いっぱい
持ってる
けどね

だったら
それ見りゃ
いいじゃん

いや
そういう
意味じゃ
なくて

一つだけ

弱い自分は
みんなと
つながる
ために

ある

ある
テレビ番組で
そう
言って
ました

私も今
そう思って
生きてます

どうしても
これ
言いたくて

元気だしてゆこう！

勝ってたまるか！

　　　　　　　　　　　　けのすけ

追伸

私の詩集を読んで下さる
多くのみなさまに
心より
感謝申し上げます

やっぱ
俺
すごいよね！

どう？

　　　　　　　　　亡き父へ

著者プロフィール

けのすけ

1965年生まれ。
山口県出身。
大阪あべの辻調理師専門学校卒業。
現在、山口県在住。
著書に『白い犬』(2020年、文芸社) がある。

シルバーカーを押しながら

2025年3月15日　初版第1刷発行

著　者　けのすけ
発行者　瓜谷　綱延
発行所　株式会社文芸社
　　　　〒160-0022　東京都新宿区新宿1-10-1
　　　　　　電話　03-5369-3060（代表）
　　　　　　　　　03-5369-2299（販売）

印　刷　株式会社文芸社
製本所　株式会社MOTOMURA

©KENOSUKE 2025 Printed in Japan
乱丁本・落丁本はお手数ですが小社販売部宛にお送りください。
送料小社負担にてお取り替えいたします。
本書の一部、あるいは全部を無断で複写・複製・転載・放映、データ配信することは、法律で認められた場合を除き、著作権の侵害となります。
ISBN978-4-286-26260-4